静けさの向こう側

佐藤和英

文芸社

静けさの向こう側◎目次

プロローグ

我が心の調べ

我が心の調べ
永遠の翼をもって飛翔せよ

五月の風に乗り
新緑の木々に触れ
輝く水面《みなも》を渡り
花達のつぼみをほどき
鳥達と宙返りし
子ども達の髪や頬を撫で
日だまりに座る犬の耳元をすり抜け
今まで通ってきたものすべて
オーケストラのように率いて
愛する者の心を震わせよ

それこそが
我が心の調べ　最上の喜びだ

第一章

清澄

Atlas

高い空から見れば
私達の存在は
砂の粒のように小さい
しかし人の思いが強ければこそ
人はかけがえのない存在になる

広大な海において
私達の運命は
流木のように頼りない
しかし人の愛が深ければこそ
人はともに船出する

果てしない宇宙の中で

私達の生命は
羽のように軽い
しかし人の心が広ければこそ
人は未来を描く

＊Atlas ＝英語「地図帳」
「アトラス」ギリシャ神話で地球を背負うように命じられた巨人

L'église

日曜日
街の人々が教会に集まってくる
大人達は穏やかに慎ましく座り
近くに座る子どもは足をぶらつかせ
赤ん坊は静かに眠っている
年老いた神父の声を
人々はうつむきがちに聴く
建物に馴染んだオルガンの音と
聖歌隊の歌う讃美歌が
礼拝堂を響きで満たす
音は深深《しんしん》と石柱に沁《し》み入り
静けさが呼び戻される
ステンドグラスから差し込む光は

聖人達の物語を鮮やかに述べる
日が傾き
ステンドグラスはしだいに青みを帯び
その役目を終える
たそがれ時
縹《はなだ》色の空気が祈りの熱を鎮め
夜になると
空が群青の帷《とばり》を下ろし
教会と　街は　静かに眠る

＊L' ＝ La ＝フランス語の定冠詞
＊église ＝フランス語「教会」

寿《ことほ》ぎ

庭に咲いた八重桜が
枝々と空のすき間を埋めるように
柔らかに重なり合っている

花が咲きはじめた頃
母は
桜の花の塩漬けを作っていた
年の離れた姉に近づいている
結納のために

結納の日
私達兄弟は
離れの部屋で

桜湯をいただく

白い湯呑みに注がれた
ぬるめの湯の中で
開いていく花びら……

薄紅色の八重桜が
春の空気をたっぷりと抱いて
絶え間なく揺れている

寿ぎの言葉を述べるように

がくあじさい

遊びに来た親戚の子どもが
バケツにたまった雨水を
じょうろにすくい
庭の草木に水をあげている

それは
お手伝いというよりは
むしろ水遊びに近いけれど

水を浴びたがくあじさいが
楽しげに応えている

淡い色の花に

細めの茎に
厚みのある葉に
水玉の衣をまとって

その水玉のひとつひとつに
梅雨の晴れ間の太陽と
さわやかな子どもの笑顔を
閉じ込めて

光の窓

曇っていたけれど
打ち寄せる波の間から
四角い光の粒達が
生まれては消えて　を繰り返していた
僕はその小さな光の粒達に
光の窓
と名づけ
飽きることなく眺めていた

秋を運ぶ鳥

台風一過の朝
まぶしい陽の光と
まだ少し風が残る中
聞き慣れない鳥の声がする
八重桜の葉の茂みに
黒い背中と白い腹の数羽の鳥が
しきりに声を交わす
人が近づいても気にする様子もなく
葉が重なり合う音に呼応するでもなかった

翌日
その鳥達はもういなかった

昨日より高い空と
風に流されない雲を
残していった

赤い羽根

十月のある日の昼下がり
曇りがちな空と
色を失いがちな街並に
キリリと
黒いスーツに身を固めた
厳しい表情の女性
その左胸には
ひとつの赤い羽根

その赤は
小春日のように
私の胸に差し込んだ

秋風

自室でひとしきり
音楽を聴いた後
しばらくの間
胸の震えと高まりを
抑えることができない
粗熱とも余熱ともいえるような
昂《たかぶ》りを鎮めてくれるのは
開け放った窓から入る
秋風

少しずつ寒さに近づいていく時季の
冷たさを含んでいる風だからこそ
昂りは余韻に変わり

感動は　静かに　深く
体の隅々に沁みていく

夕暮れどき
虫達の声が
遠くに聞こえる

人が奏でる音楽も
自然の声も
秋の音は
ひときわ美しい

清澄

空が澄み切っていると
そこが空であることを忘れてしまう
水が澄み切っていると
そこに水があることを忘れてしまう
心が澄み切っていると
そこに自分がいることを忘れてしまう
空も　水も　心も
礙《さまた》げないことで　ひとつになる

雪化粧

雪の坂
心許なき
足どりで
朝日の中を
登るれば
頭に雫
ぽたと落ちたり
我驚きて
見上ぐれば
松の枝
朱色の鳥居
白粉《おしろい》す

冬の星空のように

冬の星空が
ほかの季節よりも輝いて見えるのは
冬の冷たい空気に磨かれるからなのか
人の人生もまた
時に冷たく厳しい空気に磨かれ
一層輝くのだろうか

人の生命は
石のようにすり減るものでなく
遠く輝く星のようであってほしい

はるか彼方に瞬《またた》きながら
同時に私達一人一人の内に輝くもの

その生命の光を
見守り続けること
灯し続けること
今を生きる　ということ

第二章

コンポジション

サーカスの舞台裏

化粧を終えて
ベテランの道化師が
舞台裏で静かに出番を待つ
衣装を整え
体をほぐし
道具を確認する

何度ステージを重ねても
どんなに練習しても
一抹の不安がよぎり
緊張しているのがわかる

本番直前

彼は初舞台から変わらない言葉で
天に祈る
「今日が最後の舞台かもしれません
ですからベストを尽くさせてください」

幕が開く
まぶしい舞台と観客の笑顔

彼はおどけた仕草で舞台へ入りつつも
その体には　すでに
プロとしての技と心が充ちていた

さあ　楽しいショーの始まりだ

été complet

生きるものの肌を灼《や》く　強い日射し
地上のすべてを染める　原色の光
A音の眩《まばゆ》いユニゾンが響き渡る時
私の夏は完成した

＊été ＝フランス語「夏」
＊complet ＝フランス語「完全な」

コンポジション

モンドリアンの「コンポジション」の
赤と黄と青と直線にあこがれる

それは
前衛でも　モードでもない
自然の光を切り取った美しさ
オランダの木々から差し込む光の中に
モンドリアンが見出したように
私達が自然の中に
本当の美しさを見出した時
人もまた
自然の「コンポジション」だと
気づくのだ

＊コンポジション＝構成、組み立て、構図、作文、作曲、作品。オランダの抽象画家モンドリアン（１８７２‐１９４４）の確立した直線と三原色を使った独特の作品及び作品群に付けられた題名。

晩夏

あれは疎ましかった夏の
暑く重くまとわりついた空気が
ある日から
急に乾いた冷めた空気になった時のことだった
あの寂しさといったら……
（これほど寂しく感じたのは何故か）

其処彼処《そこかしこ》に咲いていた百日紅が
少し色褪せている

夕焼けが街を優しく染めていく
グラウンドと少年野球の掛け声
噴水の周りで

遊ぶのを止めない子ども達
公園で鳴く蜩《ひぐらし》に
私の心は凪《な》いでいた

一本だけまだ美しく咲いていた
白い百日紅だった

生命ある木

かつて私は老木だった
照りつける日射しのゆえ
干涸《ひから》びた大地のゆえ
吹き荒《すさ》ぶ北風のゆえ
喰い荒らす虫達のゆえ
私の幹は皹《ひび》割れ
枝は細かく裂け
葉はかさかさと鳴り
花は萎《しお》れ
果実は爛《ただ》れる

やがて私は若木となった
柔らかなる日射しのゆえ

豊饒なる大地のゆえ
優しく撫でる西風のゆえ
歌いさえずる鳥達のゆえ
私の幹は樹液に満ち
枝は空に伸び
葉は颯々と揺れ
花は咲き誇り
果実は光り輝く

私は老木にもなれば
若木にもなる
しかし私は
老木でもなければ
若木でもない

ただ一本の生命ある木

秘密

誰にも言えないことがある

後ろめたさ　劣等感　背徳
ごまかし　裏切り　嘘
罪　不正　失態
色欲　恋愛　男女関係
他人との相違　価値観　欠陥
悪夢　挫折　不遇
孤独　絶望　訣別
耽溺　官能　北叟《ほくそ》笑み
・　・　・　・　・
出し抜き　勝利　優越感
期待　想像　夢

甘美　愉悦　感動
若気の至り　思い出　記憶
正義　義務　守護
情愛　思いやり　配慮
幸運　運命　天の配剤
幸福　安息　やすらぎ
・・・・・
秘密があることは
正しいとか間違っているとかでなく
良いこととか悪いことということだけではない
秘密とは
ある時は
人を不安にし　不幸にするもの
一方で
人の心の支えとなり　力となるもの

研ぎ澄まされた秘密
眠ったままの秘密
共有された秘密
一人しまわれた秘密
・・・・・
秘密を持つこと
それは人生の秘訣

部首の詩　三編

イ（にんべん）の詩

人はさまざまなものと出会い
時に休み
時に仰ぎ見て
仲間を作り
なにかを伝え
働いて
人から仕事を任され
人に仕事を任せ
時に体を伸ばし
自分と他人を信じ
しかし時に偽ることもあり

時に偏屈にもなり
偉くなろうともして
傷つくこともあるが
人に償ったり
人に優しくなって
人はありの儘《まま》に生き
そうして
人は人生を全うする

穴（あなかんむり）の詩

穴にはなにも入っていない
空はなにもなくて広い
窓から見える景色は
　毎日同じように見える
窮まり

空しくも手を突き出し
　もがきながら
　それでも続けていれば
究められるものがあるかもしれない

言（ごんべん）の詩

人は誕生してから
言葉を話し
文字を記し
ものを計り
本を読み
場所や集まりを設け
人を訪ね
誰かに教えを請い
詩歌を詠み

知識を得て
試みながら
行き詰まったり
誤りを犯しながら
物事に詳しくなり
自らの気持ちを訴え
是非を論じ
時に言い訳をし
人と諍《いさか》い
人を諭し
人に説き
人を諫め
人に詫び
人を許し
人を認め
謹んで神社仏閣に詣で

誠を誓い
人と語り
談笑し
人に感謝し
人を護り
人に譲り
人の誉れを讃える

タンゴ・パッション

バンドネオンの
哀切な　しかし情熱的な調べ
ウッドベースの
孤独な足音のようなビート
ピアノの
切り込むようなパーカッシヴな響き
幼い者には毒々しいものも
大人にとっては滋味深きもの

人生の
悲しみと喜びと
切なさと嬉しさと
嫉妬と愛と

不運と幸運と
絶望と希望と
挫折と不屈と
野卑と気高さと
出会いと別れと
これほど同時に併せ持つ音楽は
ほかにあるだろうか

ひとたび聴けば
私の心は高鳴り
細胞のひとつひとつが
活き活きと躍動する
目まぐるしく交錯する
動と静
冷静と情熱
愛情と冷酷

生と死と復活

演奏が終わった後の
しばしの高揚と
癒すような静けさ

微笑んだ天使と
恍惚の天使と
舌を出した天使が
手を取り合って
螺旋を描きながら
天へ昇っていく

三分間のドラマ

いつもは控え目な老夫婦が
今日はタキシードとドレスを
身に纏っている

バンドネオンが奏でる
タンゴのリズムに合わせて
老夫婦は軽やかにステップを踏む

スラリと伸びた脚
天から吊られたかのような
まっすぐな立ち姿

初めは緊張で速かった鼓動が

次第に演奏のリズムと重なる
老夫婦は約三分間
無心であるかのように
踊り続けた

老夫婦が演じた舞台に
台詞《せりふ》はない

しかし　老夫婦はその背中で
確かに語っている

これまで重ねてきた歳月の
切なさと　愛おしさと　美しさを

第三章

白鷺

古刹

五月のある晴れた日
鎌倉の小さな古刹に入った
人気《ひとけ》の少ない静かな境内に
私淑する作家の墓がある

決して派手さはなく
生前書いていた文章のような
簡素にして美しい佇まい
私は手を合わせ
自らの霊感と
氏の精神が
ひとつになることを望んだ

少し離れた低い枝に
つがいのメジロが
白い綿のような巣を作っていた

川と石

男の恋は石のよう
河原にある石達を
大きな石も小さな石も
きれいな石も醜い石も
ただひたすらに積み上げる
いつか崩れると知りながら
積み上げた石を数えながら
不恰好で不安定な石の塔を
崩れてはまた積み直す
流れる川を横目にして

女の恋は川のよう
ひとつのところに止まらず

振り返ることもなく
先を見据えることもなく
ただ今の流れに身を委ねる
その流れがいつまで続くかを知らず
その流れの果てを知らず
あらゆる山谷の水と砂を
ひたすらに受け入れて流れていく
河原にある石達を横目にして

男はただ積み重ね
女はただ流れていく

花咲キ、　粉雪舞フ。

三月の終わりだというのに
今年はもう
桜が満開だ
しかし今日は
朝から冷たい雨

せわしない月末の中
ひとつの別れが近づいていた

雨はいつの間にか
粉雪に変わっていた
桜の花が　粉雪に
かき消されていく

別々の道を進むと決めた
男と女
互いに迷いはなかったが
二人の門出を
春は祝福しなかった

決して積もることのない粉雪が
桜の花びらとともに
二人に降り注いだ

井筒

あなたと一緒にいた名残が
いまもまだ漂っている
荷物はすべて
整理したはずなのに
クローゼットに
一着だけ
あなたの上着が残っていた
私は半ば無意識に
あなたの上着を手にして
袖を通していた
上着の肩が落ち
袖が余っているのもかまわず
私は鏡の前に立った

鏡には上着姿のあなた
しかし顔だけは私のまま
私はその場に泣き崩れて
いつの間にか眠っていた
あなたの許に行ければいいと思いながら
やはり目は覚めてしまった
十五夜の月の光が
静かに部屋に注ぎ
すすきの穂が
少しだけ風にゆれた
私は再び眠る
あなたの匂いに包まれて

シオリ

昔　読んでいた詩集から出てきた
一枚の栞
好きだった人からもらった
百合の絵が描かれた栞

その詩集には
若き日の
瑞々しくも　切ない心が
宿っていた

その栞は
私にとって
喜びの入口でもあり

料金受取人払郵便

新宿局承認

5507

差出有効期間
平成27年2月
28日まで
（切手不要）

郵便はがき

1 6 0-8 7 9 1

843

東京都新宿区新宿1－10－1
（株）文芸社
愛読者カード係 行

お名前《ふりがな》			明治 大正 昭和 平成 年生 歳	
ご住所《ふりがな》	□□□-□□□□			性別 男・女
お電話番号	（書籍ご注文の際に必要です）	ご職業		
E-mail				
ご購読雑誌（複数可）		ご購読新聞	新聞	

最近読んでおもしろかった本や今後、とりあげてほしいテーマをお教えください。

ご自分の研究成果や経験、お考え等を出版してみたいというお気持ちはありますか。

ある　ない　内容・テーマ（　　　　）

現在完成した作品をお持ちですか。

ある　ない　ジャンル・原稿量（　　　　）

名				
買上 店	都道 府県	市区 郡	書店名	書店
			ご購入日	年　月　日

書をどこでお知りになりましたか?

1.書店店頭　2.知人にすすめられて　3.インターネット(サイト名　　　)

4.DMハガキ　5.広告、記事を見て(新聞、雑誌名　　　)

の質問に関連して、ご購入の決め手となったのは?

1.タイトル　2.著者　3.内容　4.カバーデザイン　5.帯

その他ご自由にお書きください。

(　　　　　　　　　　　　　　　　)

書についてのご意見、ご感想をお聞かせください。

)内容について

)カバー、タイトル、帯について

弊社Webサイトからもご意見、ご感想をお寄せいただけます。

協力ありがとうございました。

お寄せいただいたご意見、ご感想は新聞広告等で匿名にて使わせていただくことがあります。

お客様の個人情報は、小社からの連絡のみに使用します。社外に提供することは一切ありません。

悲しみの道標《みちしるべ》でもあった

私の心の中にいる
唐織の装束を着て
指を揃えた左手を
静かに面前に運ぶ女

私の心は
喜びの蕊《しべ》と
悲しみの蕊によって
花開く

そうして
その花は
やがて
私の人生の栞となる

Hymnus Bibacis

親しい友と夢を語らう時
いつもお前はそこにいた
恋人と愛を語らう時
いつもお前はそこにいた
仕事がうまくいかない時も
仕事をなし得た時も
変わらずお前はいてくれた
時にはお前と長くいすぎて
辛い思いをしたこともあったが
お前を恨んだことはなかった
若い時も
年を重ねても
お前はいつもそこにいる

ああ　酒よ
今夜もお前と
良いひとときを過ごそうではないか

＊Hymnus　＝ラテン語「頌歌」
＊Bibacis　＝ラテン語「酒飲み」

白鷺

六月のある日
江戸川橋を歩いていると
川面すれすれを
白い大きな鳥が翼を広げて飛んできた

みるみる近づいてくるその鳥に
私は思いがけず立ち止まった
その鳥は何事もないかのように
橋の袂《たもと》に止まった
白鷺だった

黒い直線のような細い脚でまっすぐに立ち
凛とした美しさを湛えていた

私がしばらく見つめても
気にする様子もなかったが
やがて何事もなかったかのように
白鷺は飛び去った

数日後
学生時代の恩師が亡くなられたと聞いた
ショックだったが
なぜかふと
先日の白鷺が思い出された
「お別れだったんですね　先生……」
先生らしいお別れの挨拶のように思えた
先生の凛とした美しいお姿が
白鷺と重なっていた

弔い酒

男は永年の仲間を亡くした
通夜に行き　ほかの仲間とともに語り
早すぎる別れを惜しんだ

男はなにかが欠けた感覚を抱えながら
数日を過ごしていた
いつもより少し遅い仕事帰り
男はいきつけの店へ足を運んだ

その店のバーテンダーの人柄と腕前に
男は全幅の信頼を置いていた
その日　男が頼んだカクテルは
X・Y・Z

そのカクテルに
男は仲間への弔いを込めた

特別な思いを込めた一杯にも
几帳面で酒の飲み方を知っている男は
出されてから十五分で飲み干していた

アルファベット最後の三文字が付けられた
そのカクテルに
終わりの意味はない
「これ以上ない」という極上の一杯とともに
男は仲間との日々を懐かしんだ

仲間と積み重ねた時間に終わりはない
男が生き続ける限り続いていく
男の心の中だけでなく

〝今〟という時の中にも

背中を押してくれる一杯を
これからも忘れずにいる
そして　この先も
時々は飲みたいと思う
仲間とともに

葉桜

桜が散る頃
同じ枝から
淡い緑の葉が生まれる
その葉に触れると
柔らかくしっとりとした感触
私の心と体を充たす
新緑の輝かしさと
爽やかな風の匂い
同じ木の
新たな生命の繰りごと

私達は今　生まれることばで
人の心と体を充たす

それは
あの新緑や
風の匂いと同じ
私達の
新たな生命の繰りごと

愛をつむぐ

もし　私がいなくなって
さびしいと感じたら
目に映るものを
耳に聞こえるものを
肌に触れるものを
愛しく思ってほしい

新緑が輝いている時
私はあなたに微笑んでいる
鳥がさえずっている時
私は艶やかに歌っている
風が通り抜ける時
私はあなたの髪を撫でている

陽の光が暖かく包む時
私は優しく抱きしめている

花が雨に濡れていたら
私はともに涙し
蝶が舞い上がる時
私はともに笑おう

あなたはこれから
同じ四季を何度繰り返し
同じ営みを何度重ねるだろう
あなたが他人《ひと》に感謝する時
私はあなたに「ありがとう」を贈りたい
あなたが他人《ひと》を励ます時
私はあなたに「きっと大丈夫」と伝えたい

愛をつむぐこと
それは変わらぬ営みを重ねること

第四章

小さな夏の音

小さな夏の音

軒先の枝に
アオスジアゲハの幼虫達が
住みついている
幼虫達は
固くて棘のある葉を
なぜか好んで食べている

近くでよく見ると
たくさんの足を葉の端に這わせ
小さな口をしきりに動かし
無心に食べ続けている
しばらく見ているると
自らの体より大きな葉も

みるみるうちになくなっていく
なにかかすかに音がして
耳をすますと
幼虫達の葉を食《は》む音が
チリチリチリチリ……
と聞こえてくる
それは
夏の　小さくも　力強い生命の音

夏の子ども達

軒先の枝に
アオスジアゲハの幼虫達が
住みついていることを
近所の子ども達に教えた

幼虫達が
たくさんの足でからだを器用に支え
固くて棘のある葉を
小さな口で端から食べていく様子や
葉をかじるかすかな音を
子ども達は夢中になって
見たり聴いたりしている

それ以来
子ども達は
登校途中に
幼虫達の様子を見ることが
日課になっていた

ある日
子ども達の一人が
「さなぎがあるよ」
とほかの子ども達に
声をかけている

子ども達は
新しい生命の喜びを
見つけていた

子ども達の花束　四編

ぼたん

あかいはなとしろいはなが
おおきくてきれいだね
ししまいが
しろいかみのけとあかいかみのけを
ふりまわしておどっているよ
ふえとたいこのおとがして
なんだかたのしそうだね
きれいなちょうちょうをみつけたよ
ししまいにであうと
いいことがあるんだね

ひまわり

ひまわりがいっぱいさいているね
きいろいうみみたい
あおいうみからは
しおのかおりがするけれど
きいろいうみからは
ひなたとつちのかおりがするね
ひまわりのなかをはしったら
きいろいうみにもぐったみたい
いきもくるしくないから
どこまでもおよげそうだね

ひがんばな

あのあかいはな

なんだかきみわるい
いしをつきやぶってはえていて
はっぱはつやがなくて
はなはちのいろをしている
おとうさんもおかあさんも
ぬこうとしない
おじいちゃんとおばあちゃんは
てをあわせている
さわってはいけないはななんだね

ふきのとう

ゆきのひに
やっとみつけたよ
ふきのとう
ゆきだらけのまま

つちごとすくって
はしってもってかえったよ
しばらくへやにおいていたら
すこしげんきがなくなっちゃった
ふきのとうはきっと
しろいゆきがごはんなんだね

おじいちゃんの戦争

若い時
戦争に行った
おじいちゃんは
最前線の激しい戦火の中
一人も殺さずに
生きて帰ってきた

帰ってきたおじいちゃんは
畑を耕し
たばこを吸い
酒を飲んで過ごした

おじいちゃんの日に焼けた顔が好きだった

おじいちゃんが作った野菜も好きだった
酔ったおじいちゃんは好きじゃなかった

夜になると
安いウイスキーをお湯割りにしていた
僕がダルマの瓶の絵を描いて渡すと
おじいちゃんは困った顔をして笑った

やがておじいちゃんは
現在と過去の記憶があいまいになった
いつも決まって
いるはずのない蚤《のみ》や虱《しらみ》をつぶしていた
いるはずのない蚤や虱をつぶしては
僕達に
「ホラ　いただろ」
と言って見せるのだ

あんなに平和に過ごしていたのに
おじいちゃんの戦争は終わっていなかった

助手席

車を運転する父と
助手席の息子

息子が子どもの頃
習い事や塾のお迎えは
父がしてくれたが
車酔いした当時
息子は父の運転が苦手だった

やがて息子は大人になった
雨の日
出かけようとする息子に
父が　送っていく　と言った

少しやせた横顔に年齢を感じさせる
運転席の父と
まだ横顔に少しあどけなさの残る
助手席の息子

家の中ではろくに口もきかないが
車の中では　お互いが
ポツリ　ポツリ　と
言葉を交わす

少し暗い朝
前の車両のテールランプが
雨ににじむ
雨の音と　ラジオの音に

二人の低い声が混ざり合う
大人になってからの車中は
父と子が少しだけ素直になる場所

冬の楽しみ

十年来愛用の
カシミヤのコートを着て
玄関を出ると
鉢植えの水仙が
一列におじぎしている
肩を震わすような夜
星空が
冷たい空気に磨かれ
一層輝いている
家に帰ると
迎えてくれるのは
庭先に咲く
臘梅の香り

休日の少し遅い朝……
母の声で目を覚ます
「ベランダから富士山が見えるわよ」
子どもの頃も同じことを言っていた　と
僕は布団の中で
思わず笑ってしまう

けん玉と小鳥

初めてその玩具を手にしたのは
十歳の時

大皿に玉を乗せるのに一日
小皿に玉を乗せるのに一日
玉を剣に入れるのに三日
飛行機には一週間かかった

大人になって久しぶりに
手に取ってみる

木が重なり合う音がいい
失敗した時の

チッ
カツッ
という音も
成功した時の
カシン
という音も
何度挑戦しても
何度失敗しても
何度成功しても
同じ音が二度とない
いつも少しずつ違うのがいい

今年飼い始めた
黄色いインコが
その技をじっと見つめ
その音に静かに耳傾けている

第五章

静けさの向こう側

僕らの歌

楽しい時は大いに歌おう
さびしい時も歌ってみよう
歌はいつも僕らの側にいてくれる
そしていつも僕らの味方だ
親しい人達と歌う歌こそ
本物の歌
本物の宝
本当の僕らの歌だ

いつも僕らに寄り添う歌も
時に気難しく
僕らの前に立ちはだかる

それでも僕らは歌うんだ
今はできないことも
いつかうまくなるための
喜びの種だ
歌える体と心があれば
いつになっても
いくつになっても
きっとうまくいくと信じている

うれしい時は大いに歌おう
悲しい時はそっと歌おう
歌はいつも僕らの側にいてくれる
そしていつも僕らの味方だ
親しい人達と歌う歌こそ
本物の歌
本物の宝

本当の僕らの歌だ

調べ

調べはどこからやってくるのか
遠く輝ける国から
自らの心の中から
古《いにしえ》より受け継がれた血潮から
それらのいずれでもあり
いずれでもない気がする

私から生まれた新しい調べは
私自身のものかもしれないが
自然や神様が
自分の体を通して世に出るよう
授けてくれたものかもしれない

新しい調べが奏でられる時
新しい生命が吹き込まれる
音はすぐに消えてしまうから
その生命は刹那に思えるけれど
人が調べを耳にする時
調べは人の心に流れ
その調べが仮に忘れられても
その一瞬でも人の心を震わせたなら
感動は人の力になり
人の営みとなり
人から人へ受け継がれる

そうして
調べは永遠に生き続ける

指の輪

能楽の世界では
立ち居振る舞いの時
親指とひとさし指を固く結ぶ

ヨーガの世界では
瞑想の時
親指とひとさし指で丸い輪を作る

巷では
オーケーと相手に伝える時
親指とひとさし指の輪を相手に向ける

人の心と体に働きかけ

さまざまな意味と力を与えてくれる
親指とひとさし指の輪の不思議

儘《まま》

わがまま　という言葉が
「相手を思いやることなく
　自分がしたいようにする」
という意味で使われたのは
いつからだろうか
大人達から
わがまま言うな　と躾けられ
それをあまり疑問に思わずに
生きてきた

儘　という漢字が
「お皿の上にあるものを
刷毛ですべて落とし去った様」

を表すと知った時
この言葉がとても好きになった

いつからだろうか
自分という小さな身の回りにさえ
これほど多くの
思い通りにならないことや
煩わしいしがらみが多いことを知ったのは

ままならぬ世　といわれるなかで
見栄や外連《けれん》
そのほかあらゆる不要なものを
すべて払い落とし
本当の意味での
儘《まま》な
心と体で

しなやかに生きていこう
不惑を迎える年に
そう思った

桜

桜の花がひとつだけ
咲いているのを見た
周りの人達は
気付かないのか
見て見ぬふりか

桜の花ひとつでは
心動かすものは少ない
小さな花達が
枝いっぱいに咲いてこそ
私達が言う　桜の花になる

よく見れば

少しずつ違う花達
大きく花開くもの
小さくて開ききらないもの
つぼみのままのもの

そんな桜の花を
私達は愛《め》で
また思いを馳せる
あるいは人生に重ね
美しさと儚さを思う

同じようなものでありながら
少しずつ違いながら
寄り集まっている
そんな私達もまた
桜の花に似て……

最終打席

優勝をかけた一戦で
一人のベテラン選手が
最後の打席に入っていた

かつて数々のタイトルを獲得した男も
年齢からくる衰えと
度重なるケガのために
年々力を落としていた
それでも彼は
辛いリハビリを乗り越え
なんとか試合に出続けた
往年の力はないとはいえ
彼が描いたホームランのアーチは

何度もチームを勝利に導いた

ファンとチームメイトの期待は高まったが
彼の最終打席は
力ないショートフライに終わった

相手チームの胴上げが始まった

彼は人目を憚らず泣いた
勝負に負けた悔しさはあったが
歩んできた野球人生に悔いはなかった

勝利監督に渡されるはずの花束が
相手チームの同い年のベテラン選手から
彼に渡された

球場のカクテルライトは
花束を抱き
ファンに向かって手を振る彼を
鮮やかに照らしていた

金木犀

この間まで
黄色く色づき
甘い香りを放っていた
金木犀の花達が
だいだい色に染まって
地面に散らばっていた
己の役目を果たし
散っていった魂達の
残り火のように

晩秋の輝き

庭の柿の木が
今年もたくさんの実をつけている
三十年も前に
おじいちゃんが植えてくれた苗木が
今では二階のベランダに
届くほどの高さになった
野趣にあふれ　味の濃い実は
おすそ分けした人達からも好評だ

私達が収穫するより一足早く
味をしめた鳥達が
柿の実を目当てにやってくる
最初にオナガがやってきて

色付いた実の固い皮をつつく
次にスズメ達がやってきて
皮の破れた残った実をついばむ
高い枝に残された実は
鳥達の大切な食べ物だ

冷ややかな陽の光に照らされ
熟れた柿の実が
息をのむほどに
輝く瞬間がある

冬はもう　そこまでやって来ている

静けさの向こう側

声帯を痛め　声の出ない時期があった
周囲に迷惑をかけるとわかっていたが
数ヵ月に渡り筆談で過ごした
普段おしゃべりでないと自負しているが
話せない苛立ちをしばしば覚えた
声楽の先生から
「音楽は聴かないほうがいい
　特にチェロは人の声に近いから
　喉に負担になる」
と教えられた
通勤時の電車の音が気に障り
耳栓をして電車に乗った
あらゆる音に対して過敏になっていた

声を失うということは
音を失うことだと知った

その世界は
静寂や静けさと呼べるものではなかった

声を取り戻すには
適切な治療と
周りの人達の理解と協力と
喉を癒すための長く静かな時と
「必ず歌えるようになる」
「必ず舞台に戻る」
という強い意志が必要だった

長く静かな時間を持つことは

自分と向きあうことでもあった

声のリハビリをしながら
自分の今までの発声や
常日頃の立ち居振る舞いまで見直し
新しい可能性を探した

少しずつ声を取り戻し
再び歌えるようになって
静寂や静けさは
美しい音とともにあると知った

これからも歌とともに生きたい
これからも歌い続けなければいけない
世界にひとつしかない
自分の声の可能性を信じ続けたい

静けさの向こう側にある
美しい世界に向かって

エピローグ

紙飛行機

白い紙で
紙飛行機をいくつも折っては
飛ばしていた
色々な型を試し
あるものはまっすぐに飛び
あるものは螺旋を描き
あるものはすぐに落ちた

時が経ち
私は自分の思いを白い紙に託して
紙飛行機を折り　飛ばしてみた
やりたかったこと
やり残したこと

これからやりたいこと
大それたことも　ささいなことも
ひとつひとつ　ていねいに折り
飛ばしてみた
落ちてしまった紙飛行機も
汚れを払い　何度でも飛ばしてみよう

やがて
青空は
白い紙飛行機で満たされた

あとがき

私が詩を書くようになったのは、三十代半ばを過ぎてからでした。会社員としての仕事と、趣味である合唱音楽の活動に明け暮れる日々の中で、自分自身が創作という作業をすることは、以前では思いもよらないことでしたが、三年ほど前、突然「自分が美しいと思ったものを残さなくてはいけない」と強く思って以来、目に映ったもの、心に留まったことを気の向くままに書きとめてきました。

私にとって、詩を書くということは、言葉を選ぶ作業と同時に、自分自身と向き合うことでもあったと思います。今まではその時々の感動を大切に、ただただ書いてきましたが、このたび、書籍として多くの方々に読んでいただくにあたり、今までの作品を見直すだけでなく、出版社の方々からご助言頂きながら、新しく書き下ろす機会もいただきました。

そうやって書いていくうちに、自然の美しさ、身近な人たちとのかかわり、さまざまな出会いや別れ、芸術を愛し、その力を信じる心、自分を大切にし、いくつになっても好きなことをあきらめない気持ち……みなさまにも共感していただけるものが作品に込められたのではないかと思います。

これらの作品が、お読みくださったみなさまの日々の暮らしの中に、その時々の心のありように、そっと寄り添うものであることを願っています。

最後に、両親をはじめ、日頃よりお世話になっているすべての方々、そして、拙作に対して出版を勧めてくださり、素敵な作品として世に出してくださった文芸社および関係者のみなさまに、厚く御礼申し上げます。

平成二十五年四月

佐藤和英

著者プロフィール
佐藤 和英（さとう かずひで）
1973年（昭和48年）12月生まれ。千葉県出身。
法政大学社会学部卒業。
大学在学中、法政大学アカデミー合唱団に所属。卒業後も、地元の合唱団などで合唱音楽の活動を続けている。また、近年は詩の創作も行っている。

静けさの向こう側

2013年 6 月15日　初版第 1 刷発行

著　者　佐藤 和英
発行者　瓜谷 綱延
発行所　株式会社文芸社
〒160-0022　東京都新宿区新宿1－10－1
電話　03-5369-3060（編集）
03-5369-2299（販売）

印刷所　広研印刷株式会社

ISBN978-4-286-13909-8